Gustav von'n Helpter Barg

UWE SCHMIDT

Gustav von'n Helpter Barg

Bibliografische Information der Deutschen Nationalbibliothek:

Die Deutsche Nationalbibliothek verzeichnet diese Publikation
in der Deutschen Nationalbibliografie; detaillierte bibliografische
Daten sind im Internet über https://portal.dnb.de/ abrufbar.

© 2021 Uwe Schmidt
Satz, Umschlaggestaltung, Herstellung und Verlag:
BoD – Books on Demand, Norderstedt

ISBN: 978-3-7526-6623-6

Inhalt

Vorwort

In'n Momang süht dat so ut, as wenn dat Plattdüütsche wedder mihr Toloop kriggt! Man bruukt nur in de Zeitungen to kieken:»Vier Tore Blitz«,»NORKURIER«,»Ostseezeitung«,»Neue Friedländer Zeitung«,»Stargarder Zeitung« un anner, oewerall ward wedder mihr up Platt schräben. Vör allen Dingen freugen sick de ölleren Lüüd', dat ehr Heimatspraak, Platt, wedder mihr Beachtung krägen hett! Ok de Rundfunk bringt an'n Wochenenn orrig väl up Platt! Dat ward nu oewer ok Tiet, dat wat passiert, dormit uns schönen Spraak nich utstarwt! Maekelborg-Vörpommern hett jo ok för Nedderdüütsch de»Europäischen Charta der Regional und Minderheitensprachen« näben soeben wiederen Bundesländern tostimmt!

Mit dieser Charta verpflichten sich die Vertragsstaaten, den Gebrauch des Plattdeutschen in allen Bereichen des öffentlichen Lebens aktiv zu fördern. Um diese Interessen besser umzusetzen, wurde 2002, der»Bundesraat för Nedderdüütsch (BfN)« gegründet. Dafür schwingt in Hamburg, Frau Christiane Ehlers, unermüdlich ihr Zepter.

Platt is cool würden de jungschen Lüüd' woll seggen, orrer dat is grad in! In Maekelborg-Vörpommern is Platt siet 2016 wedder Schoolfach. An söß Profilschoolen ward Platt nu anbaden. Un Fruu Bojarra versöcht mit ehr »Heimatschatzkiste«, dat Plattdüütsche an uns' Kinnings to bringen! Maken wi uns oewer nicks för, dat is noch 'n bannig langen Weg, bet dat wedder mihr in'n Olldag räd't ward. Väl to oft ward man, wenn man to'n Bispill, de Kasserers in de Koophall, up Platt anschnackt, ankäken, as wier man 'n bäten döschig.

Dorbie hett uns' Harald Ringsdorf, in de nägentiger Johren sogor dörchsett't, dat man up Platt an de Behörden in uns' Bundesland schriewen kann! Dat weeten de mihrsten Lüüd gor nich! Stellt juuch man vör, ji würden een' Inspröök, an de »Familienkasse Nord«, up Platt schriewen, wat denn woll passiert! Eegentlich müßten's dat in denn' Platt, wat ji schräben hemm' , beantwuurden! Dat ward woll kuum passieren, dat kost't nämlich bannig väl Geld! Ick sülwst heww in 2019 mit de Plattschriewerie anfungen. Miene Grootöllern hemm' mi dat in de sößtiger Johren biebröcht. Af twölf Johren heww ick dat dunn, mihrstens in Wesenbarg, bie miene Tante, Irmgard Lawo, un ehr' Soehn, Alwin Lexow, Platt schnackt. In de soebentiger Johren heww'ck mi dunn ok väle Böker von Reuter, Tarnow un Siegfried Neumann köfft. Miene Oma, Elli Zillmann, hett ümmer seggt: »Je öller de Lüüd' warden, üm so mihr schnacken se Platt«. Up mi dröppt dat woll to!

Denn man gode Ünnerhollung bie miene korten Vertellers.

Uwe Schmidt,
Niegenbramborg in'n November 2020

»Otto un de rode Schleuf«

Ostseebad Prerow, FKK Strand, Juli 2018
An een' sünnigen Dag leegen söß Nackedeis an'n Strand von Prerow. De Niegenbramborger Jung Fiete un siene Fründin Sweety harren all 'n bäten to deep in't Wienglas käken. Nu hemm' s Hunger krägen. Se güngen mit de annern vier Lüüd' nackt in een Strandlokal. Kellner Otto, de dor bedeente, harr oewer sien' besten Kellnerantogg an! Se bestellten sick »Suren Hiring & Bradtüfften« un 'n Buddel »Unstrut«.

Nah dat Äten un een poor duwwelte Kööm meente de Diern Sweety, dat Otto an'n nehgsten Dag ok nackt sien müßt! Dunn hebben's glieks 'n Disch för Klock twölben reserviert un güngen angetüdelt to ehr' Zelt, üm Middagsschlaap to hollen.

An'n Middag dorup leep Otto würklich nackt rüm! Dormit man em as Kellner von de annern Nackedeis ünnerscheeden künn, harr he sick 'n rode Schleuf mang de Been' anbröcht.

As he nu Fiete un siene Lüüd' bedeente, föl up, dat he bannig dicke Backen harr! Sweety fat'te sick een Hart un frög' em, woans dat denn nu passiert is. Mampfende Antwuurt von Otto: »Sweety, kannst Du mi eens seggen, wur ick dat Wesselgeld nu laten sall?«.

»De natte Büx'«

Dat hett sick so üm nägenteihnhunnertsöbentig todragen: Ick wier dormals een Schooljung' un läwte mit mien' Mudder un Grootöllern in Frälann (Maekelborg – Strelitz).

Miene Grootöllern schnackten väl Platt un hemm' sick sogor üm eenzelne Wüürd' sträden, obwohl se beid' ut Maekelborg– Strelitz (Zwenzow un Mirow) wier'n. Doran süht man, dat Platt nich gliek Platt is!

Na, nu will ick man langsam to de Geschicht kamen: De Winter wier'n jo dunnmals noch weck, Ies un Schnee normal. Up jeden Fall wier de Möhlendiek in Frälann in diss' Johr mit Ies bedeckt. Dat Schlittschohlopen wier ümmer een Vergnögen för jung un oll, un man künn schön an Bullerbessen un Reet rankamen, üm dormit to basteln.

An een Vörmeddag dremmelte ick mienen Grotvadder:»Opa wann gehen wir endlich Schilfrohr schneiden für meinen Flitzbogen?« (De Jungs hemm' sick jo schöne Piels dorut buugt. Dat Ruhr kreeg' vörn so'n Proppen von een' Hullerbusch. De Flitzbagens sülwst hemm' wi ut Wiedenholt makt. Wenn dat noch week wier, löt sick dat good bögen. Dunn hemm' wi een' 80'er Angelsehn nahmen, dat spannt un farig wier de Bagen!). He säd:»Ick heww hüüt keen Tiet, möt noch inköpen gahn un den Aben inböten«. Ick harr oewer nich locker laten, un so geew he schlütlich nah. Up'n Möhlendiek stünn all'n bäten Water up dat Ies, wiel dat twee Daag' lang Dauwäder gäben harr.

As wi noog Reet schnäden harr'n, wull'n wi torügg

nah Huus. An de Waderkant wier dat les all möör. Ick keem noch roewer, oewer mien Grootvadder is mit een' Foot inbraken. Bet an't Knee wier de Büx' natt. Ick heww mi halw dot lacht, oewer mien Opa fünd dat gor nich so lustig! Up'n Weg nah Huus vertellte he noch mihrere Lüüd':»Ick bün inbraken, ick bün inbraken....«. To Huus ankamen, müßt he ierstmal een poor Kööm up denn' Schreck drinken. Dat Dunnerwäder von miene Oma keem prompt un ok ick heww orrig mien Fett afkrägen!

In de Tiet dornah, wenn anner Lüüd' bie uns to Besöök wier'n, hett mien Opa sien »Mallür« to'n Besten gäben, un dat wür' hartlich doroewer lacht.

Hitt' oewer Nuurddüütschland

Nu is de Klimawannel woll ok bie uns in Maekelborg-Vörpommern ankamen! Man kann gor nich mihr klor denken, an'n leewsten wür' man sick in'n Keller verkrupen, bie disse Hitt'! Oewer genau so as de Minschen hemm' de Diert' dorunner to lieden. Gistern hett mien Nahwer 'n Ägel funnen, de all up de Siet leeg. He wier all vull von Fleegen; de Nahwer säd, de marken dat, wenn so'n Kreatur dot bliwwt. De Ägel harr ganz dull Dörchfall. De lütt' Stacheldiert' finnen jo ok kuum noch Rägenwörm', un möten so Schnecken un Kattenfoder fräten- dat verdrägen nich all'!

    Dor sünd de Eemken[*] woll 'n bäten mihr plietsch –'n poor Forscher seggen, de sünd plietscher as de Minschen. Up jeden Fall schienen's 'n Vörahnung to hemm', wenn's ehr' Königinnen bet an föffteihn Meter deep inbuddeln …!

    Dor koenen de dann in alle Rauh de Eier leggen, und den Staat grötter maken – Hoot af – dorvon künn sick de »Krone der Schöpfung«, de Minsch, een Schiew von afschnieden.

    De Drögnis ward jo ümmer schlimmer, wecker weet, ob de Bööm' dat noch johrelang uthollen! Un de Äcker sehn ok schlicht ut. De Söll sünd fast all utdrögt. De Buern möten düer Foder för de Kööh un Schaap köpen – dat wasst eenfach to wenig Gras.

    De Fischers sünd ok nich väl bäter an'- de Hiring

---

[*]   Eemken = Ameisen

laicht to tiedig af- de Larven verhungern un dat wat noch oewrig bliwwt, halen sick de välen Schöllers[*].

Ob dat von't CO_2 kümmt orrer dat liekers warmer wür', doroewer sallen mal de Wissenschaftlers strieden, dat helpt de Lüüd', de bedrapen sünd, in'n Momang hartlich wenig.

Up jeden Fall möt de Afholterie von denn' Rägenwold uphüren un man sall ok oewer 'n generelle Geburtenkontroll nahdenken – ok wenn dat, to'n Bispill, in Afrika unpopulär is. An'n mihrsten CO_2 stötten ümmer noch de Minschen un Diert' up uns' Ierd ut – Ieew' Frünn' in Berlin!!!

Keen Minsch will doch woll, dat so'n ollen Indianer mit siene Prophezeiung Recht behöllt! Un dat giwwt blots een Ierd! Mien besten Fründ hett gistern seggt, dat Tomüllen von't Weltall mit Waffen, geht gor nich. De Bundeswehr will nu ok noch Drohnen anschaffen; hemm' disse Lüüd', de so'n Mess beschluten, wat an'n Brägen?

Wenn all de Milliarden de in Rüstung steckt sünd, in Infrastruktur un Ümweltschutz von Europa un oewerall up de Welt güngen, harr'n de Boergers bestimmt ok mihr Sympathie vör ehr' »Obrigkeit«.

---

[*] Schöller = Kormoran

»Een Eidgenosse in Dresden«

Oewer eendusend Lüüd' luerten an'n soebenteihnten November 2019 in'n »Ostra –Dome«,Dresden, up eenen maudigen Eidgenossen: Dr. Daniele Ganser. Pünktlich üm Klock Dree, nahmiddags, keem he in'n Saal an. Toierst hemm', de Sächsischen Organisatoren, 'n poor Gröötwüürd spraken un ok ankünnigt, dat Dr. Ganser in'n Januar 2020 mit denn'»Bautzner Frädenspries« utteikend ward. Dunnernden Applaus in'n »Ostra-Dome«! Dunn oewer hett de Frädensforscher sienen Vördrach oewer »Was sind illegale Kriege ?« hollen! Nah fifftig orrer soeßtig Johren warden jo de geheimen Dokumente för de »normalen Minschen« apen leggt. Dat künn nu man ok Dr. Ganser för sien Institut, SIPER, in Basel nutzen!

Dunnerlüchting, uns imperiale Weltmacht, de USA, keemen nich so good weg, bie siene Ünnersökungen! Ob »Tonking Lüge, Vietnam« orrer »WTC7, 11. September 2001, USA« un noch väles mihr: de USA hebben väl gägen de UNO-Charta, wecker Kriege ahn ehr Tostimmung, verbeiden ded, verstött't! Anfäng von diss' Johr harren's sogor denn' Iranischen General, Soleimani, mit een' Drohne ümbröcht, dat geht ja woll gor nich! De Menschheitsfamilie möt unbedingt gägen diss' Unrecht vörgahn, dat kann jo woll nich wohr sien, dat een Prozent von de Minschheit bestimmt, wat de Rest to don hett! Uns' bannig Rieken up de Welt, möten nu uppassen, dat se denn' Flitzbagen nich langsam oewerspannen!

Nah ungefihr twee Stunnen geew dat dunn minutenlangen Applaus. Dr. Daniele Ganser verbeugte sick un dankte de Besökers för ehr Frädensengagement!

Ick harr to'n Schluß noch dat Glück een Autogramm von em to kriegen un siene rechtsche Hand to schütteln. Dat is würklich 'n ganz fienen maudigen Kierl, dat koenen ji glööben!

Ein Märchen für Teenager und Erwachsene:

»Der Umzug ins Paradies (21. Jahrhundert)«

Am Strand von Altefähr trafen an einem schönen Julimorgen ein freches Wildkaninchen, eine warzige Erdkröte und eine sehr alte Plötze aufeinander. Erstaunt stellten sie fest, dass sie komischerweise alle die gleiche Augenfarbe, nämlich Rot, hatten.

Die große Plötze, fast einen halben Meter lang, tauchte mit dem Kopf aus dem Wasser auf und sagte: »Na ihr beiden Hübschen, wie geht's Euch denn so?«. Das Wildkaninchen meckerte über die Trockenheit. Es wollte seinen Bau für Nachwuchs vergrößern, aber der Lehmboden war steinhart, so dass es einfach nicht vorankam beim Buddeln. Die Kröte hingegen klagte über zu wenige Insekten, welche ihre Nahrungsgrundlage darstellten. »Ja, ja« sagte daraufhin die Plötze, »ich kann Eure Sorgen gut verstehen! Hier im Strelasund ist auch nicht mehr so viel Futter, wie z.B. Sprock*, für mich vorhanden. Deshalb zittern jetzt die kleinen Jungfische vor mir, aber irgendwie muss ich ja auch satt werden«. Das Wehklagen ging noch eine ganze Weile so weiter. Der viele Plastikmüll im Meer, empathielose Menschen, die Wucht der unbarmherzigen Sonne und vieles mehr kamen zur Sprache. Da hatte die Plötze eine geniale Idee: Die Hornhechte hatten ihr Anfang Mai von einem Paradies namens »Grönsund« erzählt. Diese Meerenge grenzt an die dänischen Inseln Bogö und Mön. Im Wasser ist eine große Ar-

---

*   Sprock = Larvenform der Köcherfliege

tenvielfalt aller möglicher Fischarten anzutreffen und es gäbe genug Futter für jedwede Kreatur! Auf den Inseln selbst, wimmelte es, nach den Erzählungen der auf Laichtour verweilenden Hornfische, nur so von Insekten, Feldhasen, seltenen Vogelarten wie den Fasanen und seltenen Käfern wie z.B.dem Hirschkäfer. Da schnalzte die

Erdkröte mit ihrer Zunge und das freche Wildkaninchen freute sich schon auf einen »Schnack« mit seinen Verwandten, den Feldhasen. Also, auf zum »Grönsund« und zu der schönen Inselwelt Südskandinaviens!

Allerdings gab es da ein großes Problem, die Plötze konnte ja schwimmen, die beiden anderen jedoch nicht! Alle Drei waren nun sehr betrübt! Da hatte die Kröte einen Geistesblitz; sie hatte vor ein paar Tagen am Strand ein angeschwemmtes Brett gesehen. Sie eilten zu der Stelle und das Brett lag tatsächlich noch da!

Allerdings war es weit im Schlick versunken. Nun zeigte das Wildkaninchen was es konnte!

Ruck-Zuck buddelte es das Brett frei. Der Wind hatte gerade auf Süd-Ost gedreht, die

Gelegenheit für ihre Reise war somit sehr günstig! Die Kröte hüpfte auf das Brett, danach das Kaninchen. Die große Plötze schob kräftig, schon bald waren sie auf Höhe Parow, passierten die Halbinsel Bock und erreichten das offene Meer. Die Ostsee war ihnen auch gnädig, sie war in dieser Nacht spiegelglatt. Je näher die Konturen von Mön und Bogö kamen, umso aufgeregter waren sie! Am nächsten Morgen kamen

sie unversehrt in ihrem kleinen Paradies an und verabschiedeten sich schweren Herzens. Und wenn sie nicht gestorben sind, dann leben sie vielleicht noch heute!

Een Geschicht' för Teenager un öllere Lüüd'

»De Ümtogg in't Paradies (21. Johrhunnert)«

An'n Strand von Altefähr drapen an eenen schönen Julimorgen een driestes Wildkarninken, 'n wrattige Quedux* un een' bannig ollen Plötz upeennanner. Se wieren baff, dat se eegenorrigerwies de gliek' Ogenfarw, nämlich Rod, harren.

De groot Plötz, bienah 'n halwen Meter lang, keem mit'n Kopp ut dat Water un säd:»Na ihr beiden Hübschen, wie geht's Euch denn so?«. Dat Wildkarninken schimpte oewer de Dröögnis. Sien' Buu wull't för sien' Nahwass vergröttern, oewer de Lehmbodden wier steenhart, so dat't eenfach nich vörwarts keem bie de Buddelie. De Quedux klagte oewer bannig wenig Insekten, weck' ehr Nahrungsgrundlaag dorstellten.»Ja, ja« säd dunn de Plötz,»ich kann Eure Sorgen gut verstehen!

Hier im Strelasund ist auch nicht mehr so viel Futter, wie z.B. Sprock**, für mich vorhanden.

Deshalb zittern jetzt die kleinen Jungfische vor mir, aber irgendwie muss ich ja auch satt werden«. De Jammerie güng noch 'n Wiel so wieder. De väl' Plastikmüll in't Meer, gliekgüllig Minschen, de Wucht von uns' ünbarmhartigen Sünn un wecker weet noch wat, keemen to de Spraak. Dor harr' uns Plötz een hellschen Idee: De Huurnhäkt harren em Anfäng Mai von 'n Paradies naamens»Grönsund« vertellt. Disse

---

*   Quedux= Erdkröte
**   Sprock= Larvenform der Köcherfliege

Meerenge grenzt an de däänschen Eilannen Bogö un Mön.

In 't Water giwwt dat bannig väl Oordenvälfalt un alle moeglichen Fischoorden; uterdem geew dat noog' Foder för jedwed Kreatur! Up de Eilannen sülwst, wimmelt dat, nah den Verteller, de up Laichtour wäsenden Huurnfisch', nur so von Insekten, Feldhaas', seltenen Vagels, to'n Bispill de Fasanen un seltenen Käwers, besünners Hirschkäwers. Dor schnalzte uns Quedux mit ehr Tung un dat drieste Wildkarninken freugte sick up'n Schnack mit siene Verwandtschaft, den Feldhasen.

Also denn man to; up to'n »Grönsund« un to de schönen Eilannenwelt von Südskandinavien! Harregott, dat geew jo nu 'n banniges Problem, de Plötz künn jo schwemmen, de beiden annern oewer nich! Uns Dree wieren soans sihr bedröppelt! Dunn harr de Quedux een Geestesblitz; se harr vör een poor Daag' an'n Strand een' anschwemmtes Brett sehn. Se ielten to de Städ un dat Brett wier wiß un wohrhaftig noch dor! Allerdings wier dat deep in'n Schlick insunken. Nu keem uns Wildkarninken to'n Togg: Ruck-Zuck hett't dat Brett frie buddelt! De Wind dreighte nu up Süüd-Oost, de Gelägenheit för de Reis'wier bannig günstig! De Quedux hüppt'e up't Brett dunn dat Karninken un de groot' Plötz schöw orrig an. Dat duerte gor nich lang, dunn wiern's up de Hööch von Parow, keemen an dat Halweilann Bock vörbie un schwemmten in dat apen' Meer. De Ostsee is ehr diss Nacht ok gnädig wäst; de Waterspeegel wier gladd. Üm so mihr as de Konturen von Mön un Bogö nehger keemen, üm so upräägter würden se! An'n nehgsten Morgen keemen's unversihrt in ehr' lütt Paradies an un hemm' sick mit schworen Harten up Weddersehn seggt. Un wenn's nich storben sünd, denn läben's villicht noch hüüt!

»Gustav von'n Helpter Barg«

In de Midd' von't 16. Johrhunnert, läwte up denn' högsten Barg (179m) von Maekelborg-Strelitz, de dreeköppig' Drak »Gustav«. De Schepers ut de Ümgäbung legen mit em all lang in'n Clinch; sien Leewlingsäten wieren nämlich junge Lämmer! Een mal in de Woch dreihgte he babento siene Runnen oewer de schönen Moränenlandschaft un halte sick dunn so'n sötes Lamm. Wenn he eens sehn harr, stött'te he, as'n Fischaadler, to de Ierd, un Ruck-Zuck hett he dat unschullig Diert in siene Krallen hatt! Dunn flög' he torügg to sien' Horst, hett fien spiest un löt sick de nehgsten söß Daag' nich mihr blicken! Twee Schepers, Karl & Hannes, hebben sick nu bannig dull argert un tüdelten sick in'n Brohmer Kroog, bie Bier & Kööm, orrig eenen an! Dor seet noch de Klookschieter, Siegfried ut Rattey! He säd: »Wenn't wieder nicks is, ick ward juuch dat Undiert bald dotscheeten! Denn bruuken ji & juug' Schaap keen Bang mihr vör em hebben!«. De Schepers hemm' sick halw dot lacht oewer dissen Grönschnabel! Oewer de Dörpschult von Helpt, de grad dor wat äten harr, treckte Siegfried an sienen Disch un säd:»Wenn Du dat henkriggst, dörfst Du miene Dochter heuraden un Du kriggst ok noch fofftig Daler Middgiwwt von mi!«.Uns' prahlerischen Kierl wier nu baff, schlög' oewer in de Hand von'n Schulten in! Dee wier froh, dat he so'n hellschen Kierl as Schwiegersoehn för siene häßliche Dochter funnen harr! Un uterdem wull he wedder as Schulten wählt warden. Wat paßte dor bäder, as wenn he sick as Mit-

24

Drachen-Töter dorstellen künn! Glieks an' n Dag dorup güng Siegfried an't Wark: He buugte mit twee anner Ratteyer Kierls een riesiges Katapult! As Piel hemm's de Hellebarde von denn' Frälänner Nachtwächter köfft un makten dunn glieks een Scheetproow! Dunnerlüchting, oewer fiefhunnert Meter flög' de Piel. Oewer de eierte noch to dull! Dunn hebben's em an dat Enn noch 'n poor Aantenfeddern ankläwt un kiek an, bie denn' tweeten Versöök harren's dat Katapult so, as se sick dat vörstellt hemm'! In twee Daag' müßt Gustav wedder Hunger kriegen! Ganz in de Nehg von Helpt hemm's dunn nur een lüttes Lamm as Köder utsett't; all de annern Diert hebben's in de Stallen inspunnt. Dat Katapult wier ungefihr 200 m hinner so'n Knirkbusch verstäkt worden. Uns' Gustav hett dat arme Diert all sehn hatt un sett'te to sienen Sturzflug an! Siegfried röp: »Kanoniere, Feuer frei«; he, wier so jibbelig, dat he nu Hochdüütsch räd'te! De 2 Ratteyer treckten nu de Lien! Rumps, de Draken wür' genau in't Hart drapen un sackte up denn' Bodden. He verdreihgte siene söß Ogen un wier nu för ümmer dot! De Nahricht oewer sienen Dod güng in Maekelborg-Strelitz rasend fix üm! De Hochtiet fünn ok bald statt, un dat junge Ehepoor läwte lang, glücklich un tofräden. Gustav is woll de letzte Draken hiertolann wäst; orrer hemm' ji, leew Läsers, hier doch wedder eenen sehn?

»De olle Raav«[*]

Een lütten indianischen Jung' wier baff, dat sien Vadder een Ravenkostüm so dull verihrte, dat he dit in een' afschlotenen Kist uphägte! Eenmal in't Johr, wenn in't Dörp 'ne Zeremonie för de Wohrung von de Schöppung stattfunn, kröp sien Vadder in diss' Kostüm.

Stunnenlang geew dat Danz un Singsang; all' Kinnings wieren dull beindruckt von dissen Driewen in de »Lachshauptstadt der Welt«.

As de lütt Jung' Anuj söß Johr oll wür', fat't he sick een Hart un frög' sienen Vadder, worüm de Raav een besünners Diert is. Sien Vadder Gayapi, een Broder von'n Häuptling, säd: »Vör lang, sihr lang Tiet wier dat in Alaska bannig kolt, düster un unwirtlich! Een tückschen ollen Kierl harr Sünn, Maand un de Stierns roowt. Disse Elements von unsen Universum bewohrte he in dree Eekentruhen in sien' Wigwam up. Den Schlötel för disse Truhen harr he üm sienen Hals dragen. Keen Minsch ut Ketchikan hett sick truugt, gägen em uptomucken. An een natkollen Maidag keem een Kolkraav ut Europa in uns' Gägend an. Dat wier een bannig olles, wiedreistes un ok plietsches Diert. Diss' Vagel wier up de Ostseeinsel Rügen to de Welt kamen. Sien' letzt' Reis fohrte em oewer den Balkan, Konstantinopel, Indien un Kamtschatka nah Alaska. De »First Nation People« klagten den Raven ehr' Leed. He hürte geduldig to, un säd dunn, ehr helpen to will'n. De halw' Nacht lang gruwelte he, woans he den ollen Kierl woll oewerlisten künn un schlöp doroewer in.

---

[*] nach Erzählung eines alten Indianers (Cree Nations of Chisasibi)

Tiedig an'n nehgsten Morgen fladdert'e de Raav to'n Ahornboom näben't Wigwam von diss' ollen Mann. He kreihgte so luut as he künn! Nah ungefihr twindig Minuten keem de Oll grannig ut sien' Wigwam. He bölkte den Raven an, wat dissen Larm to bedüüden harr'. De Raav, een höfflichen Vagel, bäd't den ollen Mann üm wat Warmes to drinken. De Griesgram güng gnatterig in sien' Wigwam. Bidessen fachte de Raav mit twee Füersteen' von Rügen un een' drögen Ahornblatt 'n Flamm an. Kort dornah prasselte een prächtiges Füer näben den Ahornboom. De Oll keem mit eenen Kätel vull frischen Quellwater. Dissen bröchten beid' oewer dat Füer an. De olle Mann schmät bannig väl' Krüder in't Water. Dunn frög' de plietsche Raav, ob de Tee ok all söt noog is. De Kierl güng noch eens in sien' Wigwam, üm Steviabläder to halen. In dissen Momang schmät de Vagel in'n Stillen »montenegrinisches Schlaapkruut« in'n Kätel. Dat harr he in de Nehg von Ulcinj an'n Adriabucht plückt'. De olle Mann rögte mit een' sülwstmaten Holtläpel in'n Kätel. As de Tee good dörchtreckt wier, drunken beide ut twee Blecktassen. De Raav nippte oewer nur 'n bäten. Nah teihn Minuten wier de Oll deep inschlapen. Ruck-Zuck nähm de Raav em den Schlötel af un schlöt de Truhen up. Dunn löt he Sünn, Maand un de Stierns frie. De »First Nation People« hemm' soans de Plietschigkeit von den Raven de Erschaffung von ehr' Welt to danken! Up bannig väl' Totempahls sünd dorüm Raven un anner, för de Indios bedüüdent Diert', dorstellt. De »First Natin People« versöken bet hüüt in'n Inklang mit de Natur to läwen.«

Anuj, de andächtig den Verteller von sien' Vadder to hürt hett, verstünn nu, worüm de

Indianers de Raven so dull verihren. Ogenblicklich beschlöt he, de Natur in Alaska, un ok de Diert- un Plantenwelt ümmer to achten un ok to schütten! Dunn dankte he sien' Vadder för de bannig uprägend Geschicht un schlöp mööd un tofräden in.

»Der alte Rabe«[*]

Ein kleiner indianischer Junge staunte, dass sein Vater ein Rabenkostüm so sehr verehrte, dass er dieses in einer abgeschlossenen Truhe aufbewahrte! Einmal im Jahr, wenn im Dorf eine Zeremonie zur Wahrung der Schöpfung stattfand, schlüpfte sein Vater in dieses Kostüm. Stundenlang fanden Tänze und Gesänge statt; alle Kinder waren stark beeindruckt von dem Treiben in der »Lachshauptstadt der Welt«.

Als der kleine Junge Anuj 6 Jahre alt wurde fasste er sich ein Herz und fragte nach dem Abendbrot seinen Vater, warum der Rabe ein besonderes Tier sei. Sein Vater Gayapi, ein Bruder des Häuptlings, antwortete: »Vor langer, sehr langer Zeit war es hier in Alaska sehr kalt, dunkel und unwirtlich! Ein boshafter alter Mann hatte Sonne, Mond und die Sterne geraubt! Er bewahrte diese Elemente des Universums in drei Eichentruhen seines Wigwams auf. Den Schlüssel für die Truhenschlösser trug er um seinen Hals. Kein Mensch aus Ketchikan wagte es, gegen ihn aufzubegehren.

An einem nasskalten Maitag kam ein Kolkrabe aus Europa in unserer Gegend an. Es war ein sehr altes, weitgereistes und auch schlaues Tier. Dieser Vogel war auf der Ostseeinsel Rügen geboren worden. Seine letzte Reise führte ihn vom Balkan über Konstantinopel, Indien und Kamtschatka nach Alaska. Die »First Nation People« klagten dem Raben ihr Leid. Er hörte geduldig zu, und versprach dann, ihnen zu helfen. Er grübelte

---

[*]   nach Erzählung eines alten Indianers (Cree Nation of Chisasibi)

die halbe Nacht wie er den alten Mann wohl überlisten könnte und schlief darüber ein!

Frühmorgens flatterte der Rabe zu dem Ahornbaum neben dem Wigwam des alten Mannes. Er krächzte so laut er nur konnte! Nach ca. 20 Minuten kam der Alte wutschnaubend aus seinem Wigwam. Er schrie den Raben an, was dieser Krach zu bedeuten habe. Der Rabe, ein höflicher Vogel, bat den alten Mann nur um ein warmes Getränk. Der Griesgram verschwand murrend in seinem Wigwam. Inzwischen fachte der Rabe mit zwei Feuersteinen von Rügen und einem trockenen Ahornblatt eine Flamme an. Schon bald prasselte ein prächtiges Feuer neben dem Ahornbaum. Der Alte erschien mit einem Topf, gefüllt mit frischem Quellwasser.

Er wurde von beiden über dem Feuer angebracht. Der alte Mann tat allerlei Kräuter hinein. Da fragte der schlaue Rabe, ob der Tee denn auch süß genug sei. Der Mann verschwand erneut in seinem Wigwam, um Steviablätter zu holen. Diesen Moment nutzte der Vogel aus, um montenegrinisches Schlafkraut in den Topf zu tun. Dieses hatte er nahe Ulcinj an einer Adriabucht gepflückt. Der alte Mann rührte mit einem selbstgeschnitzten Holzlöffel im Topf. Nachdem der Tee gut durchgezogen war, tranken beide aus zwei Blechtassen. Der Rabe nippte jedoch nur; nach weiteren zehn Minuten war der Alte fest eingeschlafen. Ruck-Zuck entwendete der Rabe den um den Hals des Mannes hängenden Schlüssel. Er öffnete die schweren Eichenkisten und ließ Sonne, Mond und Sterne frei. Die First Nation People haben somit der Schläue des

Rabens die Erschaffung ihrer Welt zu verdanken! Auf vielen Totempfählen werden bevorzugt Raben und andere, für die Indios wichtige Tiere, dargestellt. Die »First Nation People« versuchen bis heute im Einklang mit der Natur zu leben.«

Anuj, der andächtig den Ausführungen seines Vaters gelauscht hatte, verstand nun, warum von den Indianern der Rabe so sehr verehrt wird. Augenblicklich beschloss er, die Natur in Alaska sowie die Tier- und Pflanzenwelt immer zu achten und auch zu beschützen!

Dann bedankte er sich für die aufschlussreiche Erzählung seines Vaters und schlief erschöpft und zufrieden ein.

»Diert- & Minschenadventstiet«

Ünner'n hogen Schnee löppt een' hungrigen Muus, in ehr' Fell krüppt ümher 'n lütten, unrohgen Luus. An'n blaagen Häwen flüggt 'n stolten Seeaadler, in'n Wold dorünner knackt Noet 'n roden Eekkater. Ünner dat Ies, in denn' See, schwemmt 'n groten Häkt, bannig väl Fisch un Kräwt' hett he hüüt all upschreckt! Voß, Kreih un Haas drinken tosamen heiten Glöhwien, kiek an, diss' Diert' koenen jo sogor gode Frünn' sien! De Nikolaus stäkt Diertfoder in eenen groten Stäwel, bideß 'n Wildsoeg löppt dörch denn' dichten Iesnäwel.

Väl Adventskränz&Päpernoet in een Maekelborger Huus, Oma&Opa drinken mit ehr' Enkeln Limonaden-bruus. Fomiliensinn un Harmonie warden schräben nu groot, dunnerlüchting, wur is dat letzte Johr woll bläben blot? Upräägt Kinnings schicken väl Biller oewer Whatsapp, Ruck-Zuck ehr' Öllern verstäken Geschenke ünner de Trepp'. Bradäppel, Mutzen un Geesterbahn up'n Wiehnachtsmarkt, sihr väle Autos in Niegenbramborg warden nu falsch parkt! De schmucken Politessen driewen dorüm bannig väl € nu in, uns' Boergermeister Witt süht in ehr' Arbeid nu eenen Sinn!

Jo, uns' leewen, christlichen un indrächtigen Adventstiet, nu is de Wiehnachtsmann mit sienen Sack nich mihr wiet!

»Die Pilzsucher vom »Schellfischposten«, Hamburg«

Im Herbst 2019 trafen sich im »Schellfischposten« von Hamburg (Een Hamborg giwwt dat blot's un annerswo is gor nix los!) drei erfolgreiche Pilzsammler. Sie saßen frühabends mit ihren Pilzkörben an einem Tisch des Außenbereiches. Bei Bier, Wein und Kümmel kamen sie ins Gespräch. Der Mecklenburger Junge »Fiete« hatte herrliche Hexenröhrlinge (Boletus erythropus), eine Krause Glucke (Sparassis crispa) sowie riesige Parasolpilze (Macrolepotia procera) gefunden. Die Schirmpilze sind ungewaschen und als »Wiener Schnitzel« gebraten eine Delikatesse. Denen konnte sogar der alte verwöhnte Römer Martial nicht widerstehen! Er sagte: »Leicht ist es, auf Silber und Gold zu verzichten und auf die Freuden der Liebe, doch ein Pilzgericht stehenzulassen, ist schwer!!!«

Das Hamburger Mädchen »Trixi« hatte einen riesigen Bovist (Calvatia gigantea) in ihrem Korb. Diese Pilze sind leider in letzter Zeit immer rarer geworden; der Klimawandel lässt grüßen. Sie musste mehrere Wiesen und Gräben absuchen, bis ihr um dreiviertel Elf der große Fund gelang. Sie malte sich schon aus, wie sie morgen Mittag die Eier für die Panade aufschlagen würde und ihre 4 köpfige Familie mit den kross gebratenen Pilzscheiben bewirten könnte. Das Holsteiner Großmaul »Otto« gab mit prächtigen Steinpilzen (Boletus edulis), Pfifferlingen (Cantharellus cibarius) und Goldröhrlingen (Suillus grevillei) mächtig an! Er war allerdings von allen Dreien am längsten unterwegs gewesen! Bereits um 4:30 Uhr war er aufgestanden und hatte in den Wäldern bei Eekholt sein Glück versucht.

Den genauen Fundort der Pilze verrieten die drei Glückspilze natürlich nicht; so etwas ist oberstes Pilzsuchergeheimnis! Das Wetter hier in der Nähe des Holzhafens war ihnen diesen Abend auch gnädig; die Sonne lachte und ein paar Schönwetterwolken störten die Harmonie nicht. Mittlerweile war die Kneipe & Außenbereich dank einer polnischen Reisegruppe restlos gefüllt. Die Polen schauten neidisch auf die schöne Pilzbeute. Dort hatte es dieses Jahr kaum geregnet. Man musste schon sehr weit nach Osten fahren, um überhaupt genügend essbare Pilze zu finden. Russischer Vodka und Alsterwasser trösteten die gesellig schwatzenden Osteuropäer allerdings. Sie stimmten fröhlich polnische Lieder und Hamburger Shantys an, die Stimmung war mittlerweile prächtig, ein Rekordumsatz winkte!

Nach der 4. Trinkrunde kam Fiete auf die Idee, einen zünftigen Skat zu spielen. Gesagt, getan das Reizen und Stechen ging unverzüglich los. Allerdings streng nach »Altenburger Skatregeln« und auch nur auf einen Cent! Das Skatglück war ziemlich gleichmäßig verteilt, allerdings stieg der Alkoholpegel der drei Protagonisten beständig an.

Nach einer weiteren halben Stunde traf die Chefin des »Schellfischpostens« in ihrer Kneipe ein. Sie wunderte sich über die gute Stimmung im Außenbereich und ging zum »Skattisch«. Die stark angetüdelte Trixi fragte, ob sie nicht mitspielen wolle, denn der 4. Stuhl war ja schließlich noch frei. Sie willigte ein. Eine neue

Liste wurde erstellt; die Spielerei zu viert ging los! Die Kellner schleppten derweil immer neue Getränke in den Außenbereich.

Ein verlorener Grand Ouvert von Otto, das Verwerfen von Fiete sowie das Überreizen von Trixi brachten die Pilzsammler in die Bredouille!

Nach einer weiteren feucht-fröhlichen Stunde waren die Pilzsucher restlos pleite und auch ihre Pilzbeute los!!!

Sie verabschiedeten sich und torkelten in Richtung Landungsbrücken bzw. Unterelbe. Die Moral von dieser Hamburger Geschicht', liebe Pilzfreunde trinkt und zockt lieber nicht, sonst werdet Ihr gebracht um Euer schönes Pilzgericht!!!

Een ollen Burg Stargarder Uurtssaag': »Der Huckauf«

Dunnerlüchting, de Wannerslüüd' in't Middelöller harren dat nich eenfach in Burg Stargard! Ehr' gruugte bannig vör een unangenehmen Tietgenossen, kieken'S mal sülwst: »Der Huckauf (Eine Burg Stargarder Ortssage)[*]: Die steile Burgstraße, früher die Schloßstraße genannt, führt zur Burg hinauf. Zuletzt muß man durch den Hohlweg, der beiderseits von baumbewachsenen Steilwänden eingefaßt ist. Unter den Wurzeln und Knorren der alten Stämme hockt hier der verrufene Huckauf. Dem verspäteten Wanderer, der in der Geisterstunde durch den Hohlweg hinaufsteigt, springt er unversehens in den Nacken und krallt sich fest. Umsonst versucht das Opfer, die drückende Last abzuschütteln. Der Überfallene muß den immer schwerer werdenden Huckauf bis an den Burgpohl schleppen. Hier springt er plötzlich ab und verschwindet wie ein Maulwurf unter einer Steinplatte, die dort am Teich liegt.«

Leew Lüüd', ji bruuken oewer hüüttodaag' keen Bang mihr vör em hebben! De mihrsten von juuch führen jo liekers mit dat Auto nah de Burg hoch; bether hett noch keen Fohrer denn' Huckauf sehn un de Wannerers, de to Foot rupgahn, ok nich. Dor bliwwt blots een Verklorung oewrig: Denn läwt he woll nich mihr! De »Mittelalterliche Höhenburg« un ok

---

[*] Nach alten Schreiben der Apothekerin S. Bartelt, mitgeteilt von F. Schröder

anner Sehenswürdigkeiten in de ollen Maekelborg-Strelitz'schen Stadt sünd up jeden Fall eenen Besöök wiert, dat koenen ji glööben!

»Ballroom Blitz«

Dunnerlüchting, wier dat een' schönen Tiet in'n vörrigen Johrhunnert! Glam- un Glitterrock wieren ganz dull anseggt! Dormals wier dat allens anners in'n Osten von Düütschland.

Bie'n »Discothek« müßten de »Plattenuplegger« bannig dull uppassen, dat de Ostdüütsche Musik un de Musik ut dat »Kapitalistische Utland« in'n richtigen Verhältnis stünnen (60:40)!

Wenn dunn de »Ballroom Blitz« von »SWEET« in'n Danzsaal inschlagen hett, hemm' de jungen Kierls un Mäkens oewer orrig afrockt! SLADE, David Bowie, T. Rex, Gary Glitter un wecker weet noch wat, hemm' de jungen Lüüd' in Ost un West miträten. Ick glööw, de Musik un de Danzerie hebben dunnmals 'n gröttere Rull spält as hüüt!

De engelsche Grupp »SWEET« spält oewer ümmer noch! De hemm' jo woll tweemal bie'n ZDF-Fernsehgarden upspält (2008 un 2019). De Songs sünd ok hüüt noch »Uhrwörm«; un sogor in'n Trailer von »Suicide Squad« (2016) hemm' de Jungs üm Andy Scott dat mit ehr' Song »Ballroom Blitz« schafft! NDR 1 Radio MV spält ok ümmer mal wedder ehr' Songs!

De Song sülwst is nah een' Tumult an'n 27. Iesmaand 1973 in Kilmarnock, Schottland schräben worden. Dormals hebben 'n poor Gnatterköpp bie dat SWEET-Konzert de Grupp von de Bühn dräben. Wien-, Bier- un Schnapsbuddeln flögen in'n Sekundentakt! Nicky Chinn un Mike Chapman (Songwriter) hebben sick freugt; dörch dissen Vörfall wiern's in de Laag', dat musikalisch bannig good ümtosetten. In de Westdüütschen Charts is de Song an'n iersten Satmaand 1973 in de Hitparad' kamen un 1974 bet up Platz 1 stägen.

Hüüt läwt von de Originalbesettung af 1970 nur noch Andy Scott in England. Steve Priest is an'n 4.Juni 2020 in den USA storben. De beiden annern Bandmaaten sünd all lang dot; Brian Conolly is 1997 un Mick Tucker 2002 von uns gahn. Up de Bühn stahn aktuell: Andy Scott, Lee Small, Bruce Bisland un Paul Manzi. Also, denn man up to'n nehgsten »Danzsaal Angräp« mit »SWEET«!

»Dat Düüwelsmallür von Frälann«

De Düüwel hett eens Lust krägen in Frälann sien Unwäsen to driewen.

Dat wier woll so in de Midd' von't sößteihnten Johrhunnert, as he in'n Harwst dor ankeem. Gliek an'n iersten Abend keek sick de Beelzebub de Stadt an. He wier orrig baff, dat de Frälänners so een schönen Stadtmuer un ok mihrere schmucke Stadtduren harren!

An't »Anklamer Dur« ankamen, seeg he 'n poor Duuben. Dor freugte he sick bannig – disse Diert' harr he to'n Fräten giern; kross brad'te Duuben, dat wier sien Leewlingsäten!

In de Nischen von diss' Dur seeten nu jo sihr väle Duuben; dee müßt he hebben! He kladdert'e an de Fassad' hoch un wull sick grad so'n witt Duuw' griepen, dor stört'te he af. Rumps, he keem mit 'n Kopp toierst up dat Plaster up! Dunn bleew he 'n poor Minuten liggen, bet he wedder klor in'n Brägen wier! He seeg arg ramponiert ut un to sienen Brass wier sien linksches Huurn afbraken! Dor towte he as so'n wilden Stier, verwünschte de Frälänners un ok de Duuben! Dree mal stampte he mit sienen Pierdfoot up! Dunn geew dat een Dunnerlüchting un he fohrte torügg in sien' Höll. Eene grote Schwäfelwulk hüllte dat »Anklamer Dur« denn in; denn' Nachtwächter, de dat Mallür von denn' Pechvagel mitansehn müßt, schlodderten ümmer noch de Knee, so bang wier em!

Siet dissen Dag is uns' hellschen Kierl in Frälann un ganz Maekelborg –Strelitz nich mihr sehn worden!

»Draculas sößhunnertster Geburtsdag in Weimar«

In't Johr 1921 fierte de blootdrinkende, Düütsche Boerger, Dracula, in de schönen Thüringischen Stadt Weimar sienen 600. Geburtsdag! He wier middewiel een angesehenen Boerger, in de glieknamigen Republik, worden; denn he drunk nur noch Stier & Schwienebloot un »Rosenthaler Kadarka«! Dornäben ät'te he af un to Seefisch un Gröntüüg dorto! Minschenbloot wier em siet sienen 598. Geburtsdag suspekt! Dracula wier intwüschen een Advokat worden un hett genau wüßt, woans he sienen Mandanten dat Geld afluxen künn! Weil er nun keinen Menschen mehr umbrachte, ließen ihn die Büttel, des jungen Staates, weitestgehend in Ruhe! Zu seinem großen Jubiläum (er war immer noch Junggeselle!) lud er neben vielen Prominenten, die schönsten Mädchen aus der Weimarer Republik ein: Die spröde Johanna aus Allenstein (Ostpreußen), die kluge Franziska aus Rochlitz (Sudetenland), die feurige Bernadette aus Berlin (Hauptstadt), die schüchterne Martha aus Wesenberg (Mecklenburg) und die durchgeknallte Ottilie aus München (Bayern). Er wollte nun endlich heiraten und mindestens 7-9 Kinder zeugen, so wie zu der damaligen Zeit üblich! Durch Tanz und intelligente Fragen wollte er seine künftige Braut herausfinden! Der Vampir war kurz vor seiner Geburtstagsrede schon sehr aufgeregt; immerhin saß als Ehrengast, Friedrich Rosen, Reichsaußenminister, mit am hufeisenförmigen Geburtstagstisch!

Dracula wier allerdings sihr beläsen, he läwte de

Warks von Goethe, Schiller un von Fritz Reuter. Oewer 150 schöngeistige Böker harr he all läst! He verstünn alle Düütschen Dialekte un Minderheitenspraaken perfekt ut denn' ff! Uterdem künn he sick bannig charmant utdrücken.

Die große Gala begann: Das Orchestrion begann zu spielen; das Geschnatter der vielen Gäste verstummte. Es wurde von Richard Wagners »Lohengrin«, die Anfangsarie, gespielt! Einigen zartbeseiteten Frauen kullerten die Tränen den Wangen herab! Eisige Stille, danach donnernder Applaus!

Der perfekte Auftakt für Dracula; er fing mit seiner Rede an: »Werte Geburtstagsgäste aus Nah und Fern, vielen Dank, daß Ihr meiner Einladung gefolgt seid! Gleich vorweg, möchte ich unseren Ehrengast, Herrn Friedrich Rosen begrüßen! Wie Ihr ja alle wißt, ist das nach dem verlorenen Krieg, bestimmt kein leichter Posten. Hut ab, wie er bisher dieser schwierigen Aufgabe gerecht wurde!« Mäßiger Applaus und leichtes Murren setzte unter den Gästen ein!

Dracula keem nu ziemlich fix up 'n Punkt:»Jo, leew Gäst', as ji bestimmt ahnen, bün ick mit 600 Johren ok nich mihr de Jüngste, dorüm mücht ick bie'n Danz miene tokünftige Gattin ruutfinnen un noch hüüt Abend miene Verlobung bekannt gäben!«.

Großes Gemurmel im Saal, einige Frauen benutzen ihren Fächer, zupfen nervös an ihrer Kleidung und sehen sich hektisch um!

Dann sagte Dracula noch: »Das Buffet ist eröffnet, laßt Euch nicht lange bitten!«.

Der Ansturm auf kalte und warme Platten war

beeindruckend! Viele Fürsten, Geschäftsleute und einige neureiche Geldsäcke gebärdeten sich, als seien sie kurz vor dem Verhungern gewesen! Sekt und Kaviar floß sprichwörtlich in Strömen!

Nachdem alle richtig satt waren eröffnete Dracula beim »Charleston« die Tanzriege! Die durchgeknallte Ottilie, mit glitzerndem Stirnband, war seine erste Favoritin.

Diss' Mäken, ümmerhen all 34 Johr oll, harr schon väle Bajuwarische Jünger to de Verzweiflung bröcht! Angetüdelt, strohdumm un ordinär (se fat'te frech an Draculas Noors) blitzte se Ruck-Zuck bie'n Chef von de Finsternis af! Diss' Kierl müßte sick ierst mal verspusten un eet noch eenen Töller »Tote Oma« un drunk as Afsacker 'n poor Gläschen »Danziger Goldwässerchen« dornah.

Nun forderte er die feurige Bernadette aus Berlin zum Tanz auf! Sie glitten beim »Tango« nur so über die Tanzfläche. Großes Raunen im Publikum! Nun stellte Dracula seine 3 Fragen: »Liebe Bernadette, Wer gewann den Krieg von 1870/1871?, Wer erfand das Telefon? und Was ist die Wurzel aus 36?«.

Puterrot angelaufen stotterte die Preußin:»1.+2. weiß ich nicht und 3. ist glaube ich Sieben!«.

Dracula war entsetzt über die Antworten dieser dummen Trulla! Immerhin blieben ihm nun noch drei schöne Mädchen übrig! Denkste, Franziska, aus dem Sudetenland, hatte sich in Kürze maßlos betrunken und danach ihr schönes Kleid vollgespuckt! Ihre Mutter, die sich heute Abend viel erhofft hatte, schleppte sie zu ihrer Pferdekutsche und brachte das »böse Mädchen«

zur Herberge in der Schützengasse, in der Nähe des Weimarer Theaters! Nu steeg de Anspannung in'n Saal; twüschen Johanna un Martha müßten de Wörpels glieks fallen! Dat Orchester spälte nu denn' »Black Bottom«. Dracula danzte mit de beiden Mäkens, perfekter güng dat kuum!

Dann verteilte er 2 Glocken an die aufgeregten Damen und sprach sehr ominös:»In Anbetracht der späten Abendzeit möchte ich Euch nur noch eine Frage stellen. Welche von Euch die Antwort zuerst weiß, solle mit der Glocke läuten!« Beide Mädchen zitterten förmlich vor Anspannung! Dracula fragte: »Welches ist der höchste Berg von Thüringen mit Meterangabe?«.

Johanna war sich nicht ganz sicher sie zögerte noch, da läutete Martha ihre Glocke. Alle Augen des Publikums richteten sich nun auf sie: Dann sagte sie: »Eindeutig der ‚Große Beerberg', 982,9 Meter hoch, ein erloschener Vulkan!«.

Dracula stürmte auf Martha zu und küsste sie überschwänglich; die übrigen Geburtstagsgäste applaudierten ohrendröhnend und der noch verbliebene Alkohol wurde niedergemacht! Johanna hatte alles genau so gewußt, war aber im entscheidenden Moment einfach nicht schlagfertig genug. Heulend trollte sich die Verliererin von dannen!

Martha oewer säd in Wesenbarger Platt:»Leew Gäst' välen Dank an juuch! Ick bün doch nur 'n jungsche Diern von't Lann! Wenn ick eenen Wunsch frie heww, mien hellschen Vampir, dunn mücht ick giern mit di an'n schönen Woblitzsee wahnen!«.

Dunn antwuurt'te Dracula:»Dat maken wi doch

promt, weet'st Du nich, dat ick giern angeln gah un Pilze söken mag; wur' sall dat woll bäder gelingen as bie di in Maekelborg-Strelitz?«.

Dunn leegen's sick all wedder in de Arms un dat Publikum müßte nu ok rohren!

Dracula steckte seiner Liebsten noch ganz galant den Verlobungsring auf den Ringfinger und beendete dann den Ball! Schnell zog sich das frisch verliebte Paar in die schmucke Villa von Dracula zurück. Und wenn sie nicht gestorben sind, leben die beiden vielleicht noch heute! Die Moral von dieser schönen Thüringer Geschicht', Schönheit und Intelligenz alleine zählen nicht, wenn dir im entscheidenden Moment nicht aufgeht ein Licht!

»'N bäten Anglerlatein«

Rügendamm, Juni 2019, de Sünn is grad upgahn.

Een Stralsunner dröppt een' Wesenbarger un giwwt bannig an:

»In'n Strelasund sünd de Häkt duwwelt so groot as in de Woblitz!« Dorup seggt de Maekelborger: »Oewer dee schmecken jo ganz dull nah Hiring«.

»Ha, ha, ha« lacht dunn de Vörpommer: »Un juug' Fisch hemm' ganz väl Kruut mang de Kiemen!«

Nu giwwt de Wesenbarger up un meent: »Hest woll Recht! Oewer bie uns to Huus kann ick in Rauh angeln, un dor lopen ok nich so väl Klookschieters rüm!«

»'N bäten Inkorrektes«

Damper von Hiddensee nah Stralsunn, Juli 2019.

Een Touristengrupp ut Griepswold, 'n poor Besapene ut Woldegk un anner Lüüd sünd an Buurd. De Stimmung is prächtig, dat ward sogor sungen! Dunn meldt'e sick een beschwipsten Berliner to Wuurt un vertellte eenen Witz: »Fruu Merkel möckt in Updrag von Honecker de Bundesrepublik Düütschland platt!« Luudes Gewieher bie de Nuurddüütschen, een poor Wessis grienen verlägen un so'n ollen Griesgram treckt ielig Notizblock + Stift!

»Worüm de Mullwormhügel ümmer grötter warden«

Dat wier woll to de Kaisertiet, as bie Wesenbarg so'n ollen Mullworm von sien' Ierdhügel käken hett. Näbenbie is een' bannig groten Woldeemkenhügel wäst! Dunnerlüchting, de Mullworm is richtig gnietsch worden, so'n Buwark harr' he noch nich sehn!

'N bäten later leepen 'n poor Eemken* vörbie; de hett he fragt, woans so lütt' Diert' so wat Grotes bugen künnen.

De Woldeemken in'n Chor:
»Von de ollen Ägypter hemm' wi dat lihrt,
uns' Königin leggt bannig väl Eier, dat is nich verkihrt,

de Staat wasst an, wi sünd all oewer dreedusend Diert'!«

De Wesenbarger Mullworm hett sick ganz dull argert, dat he mit sien' Hügel nich mithollen künn; ielig kröp he in de Ierd! Siet disse Tiet, versöken de Mullwörm in Maekelborg-Strelitz mit ehr' Buwarks an de Woldeemkenhügel rantokamen!

---

*   hochdeutsch: Ameisen

»Worüm de Kräwt' trüggwarts lopen«

Vör lange Tiet leepen de Kräwt' in Maekelborg-Strelitz noch vörwarts! Dat Enn von de lestiet harr jo so 'ne schöne Gägend schafft, dormit müßten sick de Diert' ok ierst mal anfründen! Deepe Rinnenseen, flache Weiher, Bäken un bannig väl Sölle in eene afwesslungsrieke Moränenlandschaft hemm' uns de afdäuten Glanner jo bröcht! An'n Feldbarger »Schmaler Luzin« läwten bannig väl von diss' Köstendiert'! Dat geew nich noog Foder för all'. Dorüm keem so'n jungen, plietschen Kräwt up de Idee, in'n Hullerbusch nah wat Ätbores to söken. De Weg nah Baben wier bannig piel. Een groten Kienappel, de von een' Dannenboom runnerföl, harr uns kuraschierten Kräwt een Oog utstött't. Siet dissen Dag lopen de Kräwt' hiertolann nu trüggwarts, üm ehre Ogen to höden!

Aktuelle Witze

»Parteichef A.G. auf Angeltour am Strelasund«

Alexander G. angelte gestern im Hafen von Stralsund einen riesigen Hecht!!! Viele Stralsunder Angler waren baff. Er tötete das Tier vorschriftgemäß. Da spürte er in seinem Nacken den Brodem einer angetrunkenen PETA-Aktivistin. Sie keuchte: »Wir werden Sie verklagen dass Ihnen Hören und Sehen vergehen wird! Dieses Hechtweibchen hätte noch 5 Millionen Eier legen können, Sie Umweltbanause!« Alexander G. wurde kreidebleich und trollte sich eiligst mit dem Hecht von dannen!

Die Moral von dieser Stralsunder Geschicht, ob Parteibonze oder nicht, PETA rückt jeden Angler in's rechte Licht!!!

»Nonsense from Sweden«

A brand new piece of information from the Longwave Transmitter Motala (189 Khz), Sweden: »Greta Thunberg will recieve the next »Nobel Prize in Physics« in 2021! The reason why is, she found a dimmer against the solar wind on her sailing trip on a lonely island! Now the earth is forever protectet from overheating!!!«

Your reporter, Ole Svenson*, Motala, October 18, 2020

---

*   Fantasy figure

»Grünenwitz«

Die Grün-Intellektuelle Granate(*in) Annalena B., verbietet ab sofort, von Berlin aus, den Tidenhub!

Begründung: Beim Anschieben eines U-Bootes in der Nordsee sind leider 10 Deutsche Matrosen ertrunken!!!

»In einem Polenstädtchen«[*]

In einem Polenstädtchen,
da wohnte einst ein Mädchen,
das war so schön.
Sie war das allerschönste Kind,
das man in Polen find't
aber nein, aber nein sprach sie,
ich küsse nie.

Wir spielten Schach und Mühle,
in jedem dieser Spiele
gewann nur ich.
Bezahle Deine, Deine Schuld
durch eines Kusses Huld.
Aber nein, aber nein sprach sie,
ich küsse nie.

Ich führte sie zum Tanze,
da fiel aus ihrem Kranze, ein Röslein rot.
Ich hob es auf von ihrem Fuß,
bat sie um einen Kuß,
aber nein, aber nein sprach sie,
ich küsse nie.

---

[*]   alte Volksweise

Und als der Tanz zu Ende,
da nahm sie meine Hände,
zum erstenmal.
Sie lag in meinem Arm,
mir schlug das Herz so warm,
aber nein, aber nein sprach sie,
ich küsse nie.

Und in der Trennungsstunde,
da kam aus ihrem Munde,
das schönste Wort.
So nimm Du stolzer Grenadier,
den ersten Kuß von mir,
vergiß Maruschka nicht,
das Polenkind.

»Leckermüler up Pilzjagd«

Twölftes Johrhunnert, »Masurische Seenplatte«: Een banges Reh, 'n plietschen Haas un een bannig ollen Bor läwten in so'n Urwold in de»Rominter Heide«.Se hebben giern in'n Harwst tosamen Pilze söcht. All an'n nehgsten Dag süll dat grote Pilzsöken losgahn! Diss' Johr müßt de Haas utklabüstern, wur väle Pilze to finnen sünd. He sülwst läwte de Maronenrührlinge, dat wieren för em de schmackhaftesten Poggenstöhl*. Dorüm schlög' he vör, in een' sandigen Kiefernwold up Pilzjagd to gahn. De drüdd Pilzliebhaber, dat Reh, wier oewer dorgägen! Steenpilze un Päperlings stünnen ganz hoch in sien' Gunst; dee wassten besünners in so'n ollen Eekenwold. Nu gräp de Bor in de Striederie in un säd diplomatisch: »Wi willen man morgen tiedig upstahn un an so'n Städ anfängen, wur beide Woldoorten tosamen stötten. Dunn ward sick jo wiesen, wecker von juuch mihr ut sien' Revier ruuthalt!« Em wieren eenzelne Pilzoorten egal, hauptsaak bannig grote Exemplare un väl dorvon! He müßt sick nu jo 'n orrigen Speckbuuk anfräten, üm oewer denn' langen Winterschlaap to kamen! Gistern müßten uns' drei Diert' leider 'n Krieg mang twei Minschenhorden, de sick vör Korten hier ansiedelt harren, mitankieken! So'n malliges Verhollen künnen se oewerhaupt nich verstahn! Tomindest hett uns' tapsigen Bor, in'n verlatenen Minschendörp, een groten Klumpen Solt, Speck, 'n Fatt vull Met un een groten Iesenpann funnen! Doroewer freugte he sick

---

*   Poggenstöhl = Pilze

bannig! Disse Saken künn he goot för siene Äterie bruken!

De Haas drömte an'n Morgen dornah, grad von een' groten Poggen-StohlHexen-Ring, dor wür' he unsanft von dat Reh weckt (dit wier ümmer noch 'n bäten gnietsch up em). De Bor harr all 'n Tee kakt un Bickbeeren* för alle Pilzsökers sammelt. Nahdem se frühstückt harren güng de Sökerie los. De Bor un de Haas güngen tosamen in'n Kiefernwold, dat Reh in denn' Eekenwold. Ruck-Zuck hemm' uns' beiden Nadelwaldsökers ehr' Körw vull hatt! Nah een Stunn wier 'n Drapen verinbort worden. Dat Reh mücht sien' Korw gor nicht zeigen; nur een madigen Steenpilz wier in. Dunn güngens all' drei nochmal in'n Kiefernwold un hülpen, dat Reh ehren Korw vull to maken! Bie de Borenhöhl geew dat dunn Meddag. De Haas un dat Reh hemm 'de Pilze schön afwascht. Bideß harr de Bor de Pann för sick ruutsöcht un Speck & Zippollen schnäden un een Füer anmöckt, üm allens fien to braden. Dunn noch een Schöttel mit Pölltüfften dorto un de Bor wier richtig satt. Haas un Reh hebben ehr' Pilze roh fräten, se verdrägen jo keen Fett un Solt. Nah't Äten un 'n poor Schluck Met, füng uns' angetüdelten Bor an to singen, bet he nah teihn Minuten deep inschlapen wier! De beiden annern Diert' deckten em ielig mit Schilfruhr un Moosplacken to un güngen satt un tofräden nah ehr' Hüüs. Un wenn's nich storben sünd, läben's villicht noch hüüt!

---

*   Bickbeeren = Blaubeeren

»Leckermäuler auf Pilzjagd«

12. Jahrhundert, »Masurische Seenplatte«: ein ängstliches Reh, ein schlauer Hase und ein sehr alter Bär lebten in einem Urwald in der »Rominter Heide«. Sie suchten gerne im Herbst zusammen Pilze. Schon am nächsten Tag sollte das große Pilzesuchen losgehen! Dieses Jahr musste der Hase herausfinden, wo die meisten Pilze zu finden sind. Er selbst liebte Maronenröhrlinge, das waren seine schmackhaftesten Pilze. Darum schlug er vor, in einem sandigen Kiefernwald auf Pilzjagd zu gehen. Der 3. Pilzliebhaber, das Reh war jedoch dagegen! Steinpilze und Pfifferlinge standen ganz hoch in seiner Gunst; diese jedoch wuchsen besonders in einem alten Eichenwald. Nun griff der Bär in die Streiterei ein und sagte diplomatisch: »Wir wollen morgen früh mal rechtzeitig aufstehen und an einer Stelle anfangen, wo beide Waldarten zusammenstoßen. Dann wird sich ja zeigen, wer von euch mehr aus seinem Revier herausholt!« Ihm selbst waren einzelne Pilzarten egal, Hauptsache sehr große Exemplare und viele von diesen! Er muss sich ja nun bald einen schönen Speckbauch anfressen um über den langen Winterschlaf zu kommen!

Gestern mussten unsere 3 Tiere leider einen Krieg zwischen 2 Menschenhorden, die sich vor Kurzem hier angesiedelt hatten, mitangucken! So ein unvernünftiges Verhalten konnten sie überhaupt nicht verstehen! Zumindest hat unser tapsiger Bär, in einem verlassenen Menschendorf, einen großen Klumpen Salz, ein Fass voll Met, Speck und eine große Eisenpfanne gefunden. Darüber freute er sich mächtig! Diese Sachen konnte er gut für seine Essenszubereitung brauchen! Der Hase träumte am Morgen danach gerade von einem großen Pilz-HexenRing, da wurde er sehr unsanft von dem Reh geweckt (dieses war immer noch ein bisschen böse auf ihn). Der Bär hatte schon einen Tee gekocht und Blaubeeren für alle Pilzsammler gesucht. Nachdem sie gefrühstückt hatten ging das Pilzesuchen zügig los. Der Bär und der Hase gingen zusammen in den Kiefernwald, das Reh hingegen in den Eichenwald. Ruck-Zuck haben unsere beiden Nadelwaldsucher ihre Körbe gefüllt! Nach einer Stunde Suchzeit war ein Treffen vereinbart worden. Das Reh mochte seinen Korb gar nicht zeigen; es war nur ein madiger Steinpilz drinnen. Darum gingen alle 3 nochmal durch den Kiefernwald, und machten gemeinsam den Korb des Rehs voll! Bei der Bärenhöhle angekommen, gab es dann das Mittagessen. Hase und Reh haben die Pilze schön abgewaschen. Unterdessen hatte der Bär die Pfanne auf das Feuer gesetzt und Speck&Zwiebeln geschnitten. Er briet alles schön kross und aß außerdem noch eine Schüssel mit Pellkartoffeln dazu. Nun war er richtig satt. Hase und Reh aßen ihre Pilze roh; sie vertrugen doch kein Fett und Salz. Nach dem Essen und ein paar Schlucken Met, fing der angetrunkene Bär an zu singen. Nach weiteren 10 Minuten war er fest eingeschlafen. Die beiden anderen Tiere deckten ihn eilig mit Schilfrohrmatten und Moos zu und gingen satt und zufrieden in ihre Häuser.

Und wenn sie nicht gestorben sind, dann leben sie vielleicht noch heute!

»De Ieserbahnboomupundaldreihger von Sensburg«

An dat Enn von'n Nägenteihnten Johrhunnert, to de Kaisertiet, läwte de olle Junggesell, Hermann Brandtner, in de schönen Masurischen Stadt Sensburg. An'n Abend von denn' 8. Oktober 1884 makte he, bie siene Arbeid, 'n tierische Entdeckung: Up denn' letzten Streckenkontrollgang fünd de Streckenwärter twee verletzte Diert', nämlich 'ne jungsche Heister un eenen dreebeenigen Voß! Disse »Unglücksraben« müßten woll von'n Togg anfohrt sünd; se wieren all bannig kolt un bruukten fix Hülp!

De Ieserbahnboomupundaldreihger dröög beide Diert' to sick nah Huus. He harr so'n schmuckschen Villa unwied von denn' See »Schoss«.

In sien' Höhnerstall leegen noch dree weekkakte Plötzen, dormit fauderte Hermann Brandtner siene beiden Unfallpatienten an diss' Abend. All an'n nehgsten Dag fohrte he mit ehr to denn' Diertdokter, Dr. Robert Magard. Diss' hellschen Kierl ünnersöchte nu beide Patienten un säd dunn, to denn' Schrankenwärter, in siene Arztspraak: »Leew Hermann, hest Glück hatt, se kamen oewer denn' Barg! Lichtes »Schloddertrauma Bummelluxius«, oewer mihr nich!«. (Em seet af un to de Schalk in'n Nacken!). Dunnerwäder, uns rührigen Streckenkieker föl een groten Steen von'n Harten, wat hett he sick nu bannig höögt!

Nah een Woch' versöchte de Heister all mit ehr Flüchten to schlahn un de Voß humpelte dörch dat Wahntimmer to denn' Wadernapf. Fief Daag' later nehm Hermann de beiden mit to een Dannenwoldspaziergang. Denn' Voß harr he an so'n Hundelien nahmen un de Heister seet up siene linksche Schuller. Se güngen nu dörch de schöne Endmoränenlandschaft, vörbie an hogen Bargen, pielen Afhangs, ieskollen Bäken un an glazialen Rinnenseen! Bie dissen Utfloog fünd Streckenwärter Brandtner sogor 'n poor Päperlings, Maronenrührlinge un ok Grönlings, 'n richtig fienen Pilzmahltiet. Mööd un tofräden keemen de dree Tietgenossen spädabends in Brandtners Huus an.

'N poor Daag' later langwielten sick de Diert', wenn ehr »Herrchen« up Arbeid wier! Fast gesund makten se nu allerhand dummes Tüüg! De Heister, to'n Bispill, sprüng Reineke up denn' Rüggen un krallte sick dor wiß. Dunn pickte se mit ehr Schnabel up sienen Kopp rüm! De Voß wull nu dissen narrischen Vagel bald wedder los warden. Dorüm dreihgte he sick ümmer fixer as so'n Brummkreisel up de Städ. De Vagel künn sick nich mihr fast hollen un prallte nu gägen so'n ollen Porzellanfigur! Au weia, de Rieder un sien Pierd zerschellten in oewer hunnert lütte Deel'! Nu krägten beide Diert' oewer 'n bannigen Schreck un kröpen ünner dat olle Chaiselongue! As Hermann Brandtner 'n halw Stunn later dat Mallür seehg, argerte he sick oewer denn' Verlust von dat Arwstück siener Mudder! He treckte denn' Voß an sienen Start ünner dat Sofa ruut; de Heister flög' nu ängstlich up denn' Kronenlüchter. De Ieserbahnboomupundaldreihger schimpte un säd: »Ji beid' sünd wilde Diert', ick ward juuch morgen wedder in de frieen Natur utsetten! Ick glööw, dat is dat Best för juuch un juug'

Gesundheit!«. All an'n nehgsten Dag fohrte he mit sien' Pierdkutsch, de Diert', in Richtung Allenstein. In so'n ollen Urwold sett'te Hermann Brandtner beide ut. De Heister fladderte to so'n hogen Eekenboom rup, näben ehr seet een frechen Eichelhäher, de luut ümherzackerierte! Dat stürte uns Heister oewer gor nich. Se putzte mopsfidel ehre Feddern! De Voß bideß, leep schnurstracks to so'n sandigen Barg un füng an, sienen niegen Buu to buddeln. Obwohl he nur dree Been harr, stellte he sick dorbie geschickt an! De Schrankenwärter müßte nu kort rohren, so dull freugte he sick, oewer de vullstännige Genesung von »siene« twee Diert'! An dissen Abend künn he kuum inschlaapen, so dull upwöhlt wier he! Hermann Brandtner läwte noch väle Johre glücklich in Sensburg un hülp, bet an sien Läbensenn, Diert' un ok Minschen, dee een Malaise harren!

»Das Murmelspiel 2041«

Friedland (Mecklenburg), den 15.08.2041:
Über 25 Milliarden, zu meist gechipte Menschen, leben auf der Erde. Der weise Großimperator Moa, zusammen mit seiner jungen Beraterin Aiyana* (Cree Nation of Chisasibi), bestimmen die Geschicke der Menschheit. Diese hat sich auf ihre Wurzeln besonnen und vor zwanzig Jahren begonnen die Militärausgaben drastisch zu senken. Das eingesparte Geld wurde in den weltweiten Umweltschutz gesteckt. Die Erderwärmung wurde gestoppt. Jetzt ist nicht mehr CO_2 das Problem sondern die erhöhte Sonnenaktivität! Die Rohstoffe der Erde sind weitestgehend erschöpft; deshalb starten fast täglich Raumfrachter mit Photonenantrieb zum Mond, dem Mars und einem großen Jupitermond. Sie bringen die auf diesen Planeten/Monden gewonnenen seltenen Erden, Erze, und andere Bodenschätze zur Erde. Goldabbau im Weltraum ist strengstens verboten! Es gibt jetzt weltweit nur eine Währung (inflations- und deflationsfrei), den Krambimbi

(goldgedeckt). Weltraumpiraten und Schwarzhändler, die mit Gold erwischt werden, müssen den Rest ihres Lebens auf dem Mond bei Brot und Wasser schuften.

Der Friedländer Jung Fiete (8), ein begnadeter Murmelspieler, kam auf die abstruse Idee nun mal mit Marsmännchen sein Glück auszuprobieren. Er startete zur Vorbereitung seines Vorhabens eine Anfrage an den Sender »Eriwan«, Armenien:

---

* indianische Bedeutung, etwa: ewige Blüte

»Dürfen Erdlinge und Marsmännchen Murmeln spielen?« Antwort: »Im Prinzip Ja, aber bitte nur mit grünen, weißen und schwarzen Murmeln!« Rückfrage Fiete: »Warum das denn?« Antwort vom Sender: »Beim Spiel mit roten Murmeln betrügen die Marsmännchen, weil sie schärfere Augen als die Erdlinge haben!!!«.

»Dat Murmelspääl 2041«

Frälann (Maekelborg), denn' 15.08.2041:
Oewer 25 Milliarden, tomihrst gechipte Minschen, läben up uns' Ierd: De wiese Großimperator Moa un siene jungsche Beraterin Aiyana[*] (Cree Nation of Chisabisi), bestimmen de Geschicke von de Minschheit: Disse hett sick up ehr' Wörteln besünnen un vör twindig Johren anfungen, de Militärutgaben bannig aftosenken. Dat insporte Geld hemm's in denn' weltwieden Ümweltschutz steckt. De Ierdupwarmung wür' nu stoppt. Nu is nich mihr CO_2 dat Problem sünnern hoge Sünnenaktivität! De Rohstoffe up de Ierd sünd wiedestgahend erschöppt; dorüm starten jeden Dag Raumfrachters mit Photonenantrieb to 'n Maand, denn' Mars un up een' groten Jupitermaand. Se halen de up dissen Planeten/Maanden afbuugten seltenen Ierden, Erzen, un anner Bodenschätzen to de Ierd. Goldafbuugen in'n Weltruum is strengstens verbaden! Dat giwwt weltwied nur een' Währung (inflations- un deflationsfrie), denn' Krambimbi (goldgedeckt). Weltruumpiraten un Schwarthändlers, de mit Gold erwischt warden, möten denn' Rest von ehr' Läben up denn' Maand bie Brot un Water schuften.

De Frälänner Jung Fiete (8), een begnadeten Murmelspääler, keem up de abstruse Idee nu mal eens mit Marsmänneken sien

Glück uttopröben. He hett dorum een Anfraag' an denn' Sender »Eriwan«, Armenien stellt: »Dörben Ierdlinge un Marsmänneken Murmeln spääler?«

---

[*]   indianische Bedeutung, etwa: ewige Blüte

Antwuurt von'n Sender: »In'n Prinzip Jo,oewer bitte nur mit grönen, witten un schwarten Murmeln!« Rückfraag' Fiete:»Worüm dat denn?« Antwuurt von'n Sender: »Bie't Spääl mit roden Murmeln bedreigen de Marsmänneken, wiel se scharpere Ogen as uns' Ierdlinge hebben!!!«.

Schlusswort

Leew Lüüd, ierst mal allens sacken laten! Hüüttodaag', ward jo bannig väl up uns utschütt't! De Medien versöken, de Lüüd narrsch to maken; mihrstens nur schlichte Nahrichten! Dorüm heww ick versöcht, ok mal wat to'n Schmunzeln uptoschriewen. Dörch Corona is jo unser Läben orrig dörcheennanner bröcht worden. Hemm' nich uns' Politiker eegentlich de Upgaaw, beruhigent up dat Volk intowirken? Dat Gägendeel, nämlich Panik verbreiden, passiert in'n Momang. Oewer eens is ok kloor; Boergers, dee in twee Systemen läwt harren orrer diss noch don, sünd nich so dämlich, up jeden Schnack, rintofallen!

Hiermit mücht ick mi, noch mal eens utdrücklich, bie allen bedanken, dee mi bie mien iersten Book ünnerstütt't hebben!

Uwe Schmidt, Niegenbramborg in'n November 2020